L'Hiver 1877
de miss Emily Dickinson

© 2021 Ph. Aubert de Molay/Hispaniola Littératures

Éditeur : BoD-Books on Demand
12-14 rond-point des Champs-Élysées, 75008 Paris
Impression : Books on Demand, Norderstedt, Allemagne

Chargée d'édition HL : Rose Evans

Collection 1 nouvelle

Photographies : daguerreotype Yale University/domaine public et Cambre Johnson/Unsplash

ISBN : 978-2-3222-1946-9
Dépôt légal : Mai 2021

L'Hiver 1877
de miss Emily Dickinson
nouvelle
Philippe Aubert de Molay

HISPANIOLA LITTERATURES

Collection 1 nouvelle

*Ignorant quand l'aube viendra,
J'ouvre toutes les portes.*
Emily Dickinson

L'Hiver 1877
de miss Emily Dickinson

Dans le comté de Hampshire, état du Massachusetts, lorsque le calendrier de cette année 1877 marque la mi-janvier, le jour ne se lève pas avant les neuf heures, bon poids. Dans le silence reposant de la nuit d'hiver, la petite ville d'Amherst semble alors sans vie, comme abandonnée. La rivière Connecticut, si plaisante lorsqu'un pur ciel bleu l'illumine, distribue avec abondance ses brouillards. Le chagrin des fées comme on dit ici. Pour autant, afin d'éviter la paresse et peut-être pire, nul ne reste dans les draps plus longtemps qu'en été. Dès six heures trente, les familles se tiennent devant la grosse cuisinière de l'office, un bol fumant de thé à la main, immémoriale habitude anglaise. Les plus jeunes à demi endormis et désœuvrés car l'école ferme ses portes de début décembre à fin février, les anciens songeant avec confiance que le jour nouveau sera peut-être celui de la venue du Christ de gloire car selon les Ecritures lues à l'office chaque dimanche : *Veillez donc car vous ne savez ni le jour ni l'heure* (Mt 25, 13).

L'attente paisible du dévoilement d'un destin a ceci de stimulante qu'on en ignore généralement les modalités. Il s'agit moins de spéculer sur le « quand » que sur le « comment ». Le moindre événement mineur d'un pâle quotidien fait alors partie prenante d'une grande aventure regardant toute l'humanité. Tout est. Et il va se passer quelque chose. Respirer est déjà si miraculeux. C'est là, en tout cas, la réflexion mélancolique qui occupe l'esprit de miss Emily Dickinson tandis qu'elle sert un thé brûlant au révérend Wadsworth venu *à l'aube de l'aube*, selon sa propre expression, proposer les secours de la confession à qui les désirerait. Autant commencer pieusement une journée en parfait accord avec le Seigneur des univers. Miss Dickinson n'est pas enthousiasmée par la perspective de cet exercice spirituel, songeant plutôt à la trajectoire de feu de Jane Eyre, l'héroïne du roman éponyme de Charlotte Brontë dont elle vient, pour la quatorzième fois en quelques années, d'achever la lecture émue au cœur d'une nuit d'insomnie. L'amour peut-il nous détruire comme l'incendie a fait partir en fumée l'été dernier la vieille grange de la veuve Stubbing ? Voilà une vraie question. Quelqu'un connaît-il la réponse ? La vie peut faire des merveilles pour chacun d'entre nous puis un beau jour , en témoignage édifiant de son indifférence à nos rêves, elle embrase brusquement nos maisons, se rit avec méchanceté de nos croyances, nous abandonne au bord de la route, les mains vides.

Dehors, tout ce sombre.

Bientôt le révérend signale :
- J'aime le thé bien chaud. C'est l'un des petits bonheurs simples de la mauvaise saison.

Il va sans doute se lancer dans un long et circonstancié comparatif entre les thés noirs des Indes britanniques (on avait entendu des millions de fois que le Darjeeling Goomtee à l'inimitable goût de fruits verts, typique des récoltes de printemps, était le meilleur thé du monde) et les thés blancs du Yunnan, du Fujian ou des autres mystérieuses provinces de la Chine… lorsque le coup de feu éclate, rompant l'immense somnolence des rues et des jardins.
- Fusil de chasse Indian Trade Musket…annonce doctement l'homme de Dieu. Une arme légendaire (avec le révérend tout était « légendaire » ou « inoubliable ») utilisée lors des échanges entre les sociétés de traite des peaux et les sauvages. Les trappeurs affiliés à l'American Fur Company, à l'Hudson's bay ou à la Northwest en avaient tous possédé dans le temps. Et du coup les indiens aussi.

Après une minute où chacun fait silence, le révérend reprend :
- Ne reconnaissez-vous pas le son un peu aigu et pour tout dire manquant un brin de sérieux

pour être impressionnant de sa détonation ? Comme un coup de fouet destiné à faire plus de peur que de mal ! Le genre de fusil que les ignorants ou les inconscients, ce sont souvent les mêmes, prêteraient à un garçon de huit ans pour tirer la caille de Virginie, le jeune homme se déboîtant alors sévèrement l'épaule.

Miss Emily entrouvre un bref instant la porte pour tenter de localiser le coup de feu, dans le cas où un second bang se produirait. Mais peine perdue, le froid glacial envahit la cuisine pour rien.

Le flot de saintes paroles continue :
- …Une arme rustique à la contre-platine en forme de serpent richement gravée. Les motifs : un bison chargeant un peau rouge farouche, un puma bondissant sur un voyageur égaré dans les solitudes ou la bannière étoilée fièrement brandie par un jeune soldat de l'infanterie. Je possède une telle arme de fabrication Derringer. Héritage de mon père, le major J.J Wadsworth aide de camp de l'ambassadeur des Etats-Unis R.W Prescot-Félix auprès de la république du Mexique (comme si quelqu'un dans tout le comté l'ignorait).
- …Crosse en noyer, canon lisse, bronzage tabac brun…récite mécaniquement une petite fille aux paupières lourdes.
- C'est exact ! S'empresse de renchérir le révérend. Comment connais-tu ces détails mon enfant ? D'ailleurs ce fusil que l'on ne manufacture plus

depuis quarante ans constitue pour ainsi dire une curiosité historique de tout premier plan. Une antiquité. Nous parlons d'un vieux tromblon si vous me permettez cette expression un peu cavalière.

- Qui a tiré ? Et pourquoi ? Questionne alors Emily Dickinson en perdant son regard dans le peu de début de lumière du jour. La cabane du jardin, le vieux poirier géant et la balancelle font songer aux fantômes d'animaux inconnus.
- Certainement le vieux Paddy ! S'exclame un enfant, il possède un vieux tromblon…euh…un Indian Trade Musket. Celui avec le puma gravé.
- Le même que le mien, assure le révérend, je me suis laissé dire que Derringer avait eu la licence pour ce lion de montagne tandis que Winchester avait exploité celle du bison. J'ignore qui détenait les droits pour le drapeau. Il faudra que je fasse des recherches appuyées pour éclaircir ce point capital. Je vous tiendrai au courant, vous pouvez compter sur moi.
- Le vieux Paddy a dû finir par tuer le renard malin qui lui prenait des poules depuis les premières neiges dit Emily. Pauvre renard. Infortuné amateur de plumes. Je rêve souvent de lui, allez savoir pourquoi.

Un peu plus de clarté maintenant dans la cuisine. Les casseroles étincelleront bientôt. La verrerie s'avive. L'eau du broc blondit. C'est quand même surprenant, ce jour revenant si immuablement.

Dans chaque maison d'Amherst, petits et grands pensent la même chose : c'en est fini du renard malin. On se demande s'il viendra encore habiter les rêves des gens. Le trépas de cette bête constitue le premier événement d'une journée qui va s'avérer assez singulière. La seconde information du jour a également à voir avec la mort. On déplore celle de John « Yes-No » Wilder. Il vient d'être retrouvé dans son lit, froid comme du marbre d'autel. On le savait fragile depuis son retour douze ans plus tôt de la guerre civile*. Il avait servi comme aide-cuisinier dans la célèbre unité des Rangers de Mean, ceux-là même qui s'illustrèrent en capturant avec audace le train de munitions du général confédéré James Longstreet. Une ou deux fois l'an, John Yes-No, surnommé ainsi du fait de son indécision proverbiale dans tous les domaines, grimpait dans un arbre, si possible l'énorme poirier des Dickinson, pour refuser le boire et le manger, ainsi que toute marque de confort, entreprenant alors une étrange confession aux oiseaux, leur présentant des excuses sincères pour des faits énigmatiques remontant aux heures troublées de sa vie militaire. En août dernier, il était ainsi demeuré quatre jours tout en haut du poirier. Le bon pasteur Wadsworth, le nez en l'air au point d'en contracter un torticolis, lui avait alors prodigué les secours de la religion et de son savoir rigoureusement encyclopédique. Être un éminent spécialiste en tout est un privilège, une bénédiction.

* la guerre de Sécession (1861-1865)

Ainsi le pasteur Wadsworth enseignait à John «Yes-No Wilder des choses sur le lien délicat existant parfois entre orgueil et prière et sur la force d'un pardon appliqué à soi-même. Il avait été également question d'une conférence entendue à Lowell sur des petites bêtes étranges nommées « microbes », donnée par un certain Monsieur Mark Twain, écrivain de son état. Et inévitablement du fusil de chasse Indian Trade Musket, d'apiculture, de la pâte à papier et de son industrie sur le lac Michigan, des dévotions dominicales nécessaires à toute édification et des trésors spirituels que l'on pouvait amasser à cette occasion. Le flot clérical de parole avait porté aussi sur la cuisson adéquate du pain au lard, sur le rapport complexe entre foi et irrationnel à la lumière de la théologie médiévale, sur le travail du coton filé (bobinage, ourdissage, parage, encollage, tissage), sur les variétés de poire (le duo gagnant de l'homme de goût se piquant d'arboriculture fruitière : Cuisse-madame, Mouille-bouche – hum quels noms audacieux), tous domaines dans lesquels le pasteur avait acquis une réputation d'expert insurpassable. John avait fini par murmurer *oui* puis il était descendu de son perchoir, reprenant ses habitudes. La veuve Stubbing, bien connue pour ne pas avoir la langue dans sa poche, en avait déduit publiquement que le pauvre John avait fini par remettre les pieds sur terre uniquement dans l'espoir (vain) de ne plus entendre l'infinie variété des élucubrations du révérend.

Mais aujourd'hui John Yes-No Wilder est mort à vingt-six ans, voilà qui ne fait aucun doute.

Ce qui frappe toute la ville n'est pas tant qu'un décès survienne dans la jeunesse, malheur banal, mais plutôt que le défunt ne soit autre que le fossoyeur local. Comme si la fonction avait l'étrange pouvoir de rendre immortel celui qui la détient, au même titre qu'un médecin ne saurait tomber malade ni un politicien manquer d'argent. Cette disparition subite se révèle toutefois une occasion en or pour le pasteur : avec l'aisance du théologien émérite, il évoque la fascinante notion apocalyptique de « la mort de la mort ». On écoute avec respect. Et un brin de lassitude. Car dans l'espérance, démentie chaque jour, des temps de la grande révélation, il faut sans doute s'attendre à devoir mourir bien ordinairement. Ce qui est assez ennuyeux. L'Apocalypse tarde, décidément.

Entre la préparation du menu de la semaine à discuter, l'approvisionnement et l'élaboration des plats à se répartir avec l'employée de maison, un chandail à repriser d'urgence et la rédaction de son courrier pour ses connaissances de New York et de Boston, miss Dickinson a le temps de penser. Elle se dit qu'elle a aujourd'hui quarante-sept ans, l'âge où l'amour ne viendra sans doute plus enflammer son cœur. Ni le lui briser d'ailleurs. Elle aimerait pouvoir avouer à une certaine personne : *Je voudrais tant vous revoir.*

Et lui confier qu'elle était d'une sincérité absolue lorsqu'elle avait murmuré un peu stupidement devant le parterre de roses ces deux mots sans éclats ni véritable demain : *à bientôt*.

Si l'amour nous révèle la beauté inouïe et passagère de la vie, qui n'a songé, une nuit de détresse, qu'il eut mieux valu ne pas naître ? Ne rien connaître. Ne jamais trouver le refuge provisoire de bras aimants pour se consoler des effrois du monde.

Aucun beau temps durable, juste des éclaircies.

N'avoir que dormi n'aurait-il pas été préférable ?

Observant les barrières blanches de givre, autour desquelles des mésanges guerroient contre un rouge-gorge déluré, Emily songe que les saisons ne sont rien. Certainement pas les habits du temps comme une vieille poésie démodée l'assure. Preuve en est, en été les barrières de bois sont également blanches après leur pimpant coup de peinture du mois d'avril. Faut-il en déduire que le blanc est la couleur de ce qui ne passe jamais ? Quelle illusion de croire que certaines choses sont impérissables ! Dans son cahier numéro 22, ayant une pensée fugitive pour John Yes-No Wilder et pour ce qui finit un beau matin dans la souffrance et les blessures, l'écrivain relit à plusieurs reprises l'un de ses poèmes (elle est la seule à le connaître) :

Des feuilles pâlies – aux saisons futures –
*   Muettement en témoignent*
Nous – qui possédons l'Ame –
*   Mourons plus souvent –*
*   De façon moins vitale.*

Puis elle chuchote avec mélancolie : *Malgré toutes les attaques qu'elle porte à notre nature fragile, la vie est préférable à la mort. Demain peut nous surprendre.*

Vers midi, le plus proche voisin des Dickinson, Mr Edward French, capitaine des pompiers de la ville, se rend au domicile du vieux Paddy, l'exterminateur de renard malin. Dans le but de lui acheter la bête afin de l'empailler pour la revendre selon ses dires à l'un de ces gros richards des grandes villes de la civilisation, New York ou Baltimore. D'après Mr French, facile de débusquer l'un de ces types qui ne connaissent rien aux bêtes des bois et des champs mais désirent avoir un loup ou quelque chose qui a des dents – ou de grosses cornes - dans leur bureau d'avocat américain au bureau des affaires indiennes ou de fonctionnaire a-mé-ri-cain à la direction d'état des chemins de fers. Des citadins qui n'ont jamais vu un Indian Trade Musket ailleurs que dans un musée à la noix. Un juge. Un agent des impôts. Ou pire un sénateur, le genre de type qui brasse de l'air, c'est bien connu. Tout le monde le sait, Mr Edward

French n'a pas son pareil pour manier scie, rabot et couteau. Il pratique depuis des lustres la taxidermie, une véritable discipline artistique à ses yeux, en chantonnant des cantiques, les seules mélodies qu'il connaisse. *Les diamants de ma couronne* : son refrain favori. Comme personne ne répond après qu'il ait tambouriné dix minutes à la porte du vieux Paddy, le visiteur fait le tour de la ferme.

Pour y découvrir, étendu dans la neige, raide comme un daim fraîchement abattu et mis au saloir pour rassir, le corps du susdit vieux Paddy. Des corneilles lui ont picorés les yeux et les deux trous noirs, salis de sang séchés, ne constituent pas un spectacle des plus agréables. Mr French marmonne alors une prière. Puis il jure. En manipulant son arme, le bonhomme a dû faire une fausse manœuvre.
- Pauvre gars. Il s'est fait sauter la cafetière à coup sûr sans le vouloir. Et pan l'imbécile !

Dans la surprise de ce second décès, toute la ville compatit. Mais le plus étonné de tous, c'est le renard. De loin, tapi dans un repli de terrain, profitant de l'instant présent pour étancher sa soif avec une motte de neige, il observe attentivement la scène. Des hommes viennent pour emporter la dépouille et les corneilles seront très très en colère car elles comptaient revenir se nourrir. Il n'y a pas plus calculateur et décidé que ces volatiles-là. Sauf un époux ou une épouse infidèle ajouterait bien

miss Dickinson. Prenant les oiseaux de vitesse, les gens emportent la viande humaine pour la donner à leurs petits dans leurs grands terriers de bois. C'est ce que pense le renard. Puis le silence revient autour du poulailler. Le renard malin l'aurait alors parié : les hommes ont oublié bêtement l'autre viande, celle qui bouge et caquète dans le poulailler. Ouf. Pesant le pour et le contre car il n'y a pas plus prudent, réfléchi et patient qu'un renard, ce dernier se décide à aller voir de près. Mais il retourne précipitamment se terrer : un homme est soudainement revenu sur ses pas pour récupérer le fusil et on l'entend beugler en brandissant l'arme ramassée dans la neige :
- ...Crosse en noyer, canon lisse, bronzage tabac brun...Ce serait grande pitié que de laisser le gel ruiner ce magnifique vieux tromblon...

Le silence hivernal s'installe de nouveau. Au coin du feu, dans la pénombre du jour qui décline à la vitesse d'un mourant décidant que c'est le moment, miss Dickinson sent une tristesse assez habituelle fondre sur elle. L'hiver semble vide. Et perdu. Il l'est, en fait. Comme les nuits de solitude atroce succédant à la fin d'un amour. Tout se tait.

Le shérif Roy Star parti à Concord pour suivre un séminaire de l'administration sur les modalités pratiques des futures élections des représentants de la loi à l'échelon du comté, c'est son premier adjoint, le jeune Traum McMac, embarrassé, qui vient trouver le bon révérend Wadsworth. Ce dernier, constatant la nervosité de son visiteur, entreprend de le détendre en lui parlant des mœurs de la loutre commune lors de l'arrivée des grands froids, des déductions que l'on peut faire en matière de géométrie planimétrique lorsqu'on observe la forme des ombellifères des forêts de moyenne montagne et aussi des techniques de fonderie, de moulage et d'empoutrerie en matière de cloches destinées aux églises campagnardes de la Nouvelle Angleterre dont le Massachusetts – et de fait la bonne ville d'Amherst, comté d'Hampshire – font partie intégrante comme chacun dans la paroisse le sait, le re-sait et le re-re sait. Une tasse de thé bien chaud devant lui, son large chapeau dégoûtant dans l'évier de la cuisine des Dickinson où le pasteur est venu emprunter à Emily son exemplaire du *De la démocratie en Amérique* d'Alexis de Tocqueville dans lequel il puise allégrement pour ses prêches, le premier adjoint, Traum McMac déclare :

- Deux morts. Dont le fossoyeur. C'est fâcheux.
- Pourquoi ? Demande l'homme de Dieu.
- Impossible d'enterrer. Terre gelée. Qu'en faire ?
- Qu'en faire de quoi ?
- Des deux morts.
- Réfléchissons. Et passons peut-être en revue toutes les manières de procéder à une inhumation à travers les siècles et sur tous les continents. Commençons par les rites de l'Egypte antique…

- C'est-à-dire qu'il est assez urgent d'enterrer, révérend. Il faudrait creuser un trou, les mettre dedans et reboucher. Enterrer.
- Oui je vois. Mangeons un morceau. Lorsque je mange je réfléchis mieux. Mettez-moi à la diète et je perdrai tous moyens, nourrissez-moi et je deviendrai un génie en rigoureusement tous sujets. Des médecins autrichiens ont d'ailleurs émis dernièrement une hypothèse étonnante relative aux effets de la mastication sur notre activité cérébrale. Je connais certaines personnes qui prennent à la lettre leurs spéculations en mâchant du matin au soir. Regardez la veuve Stubbing par exemple. Son veuvage ne lui a pas coupé l'appétit. De loin, on la prend pour un tonneau ou deux. De près aussi. Miss Dickinson, voyez-vous un inconvénient à nous nourrir ? On pensera mieux aux deux morts.
- Voilà la différence entre les défunts et nous, assène gravement Traum McMac, eux ne mangent pas, nous si. C'est ce que j'ai remarqué. Il vous reste du hachis de dinde, miss ? Ou du pâté de chevreuil aux champignons ? Sauce airelles ? Avec peut-être un bol généreux de purée de marrons au beurre. Quelque chose dans ce goût-là. Et je ne dis pas non à du pain de viande également. Tranche épaisse. Merci. Il fait aussi un froid viril dehors. Pour se requinquer, peut-être une larme de spiritueux si j'osais ?

Plus tard le conseil de la paroisse est convoqué. On brave la neige pour venir. Autour de la spectaculaire cheminée du presbytère où flambe un tiers de tronc d'arbre, quelqu'un dit :
- Et si nous faisions comme les sauvages qui ont habité cette terre autrefois ? Dans les arbres ! Les morts, ils les mettaient dans les arbres à cause de la terre gelée.
- Dans un arbre ? Voilà qui plairait beaucoup à John Yes-No Wilder, remarque un autre.
- Les Pocuntucs et les Massachusetts installaient leurs chers disparus dans les arbres, oui. Mais les Abenakis je crois allumaient des bûchers comme les peuplades des Indes britanniques, les adorateurs de Vishnou, s'empresse de préciser le pasteur Wadsworth. Connaissez-vous Vishnou ?

On vote comme un seul homme pour la méthode arboricole. Choisissant un arbre d'importance, le conseil de la paroisse prie les Dickinson de prêter leur gros poirier durant quelques semaines. On procédera à une inhumation ordinaire dès que le dégel sera advenu. En attendant : l'arbre.

Et cette tempête neigeuse qui ne faiblit pas. Un véritable et têtu ensevelissement du monde. Amenuisement du village d'Amherst sur la terre, absorption du paysage et des vivants par l'hiver.

Début de non-être.

Objets de méditation sur l'inéluctabilité de la destinée humaine, les deux cadavres semblent bientôt de monstrueux appeaux capables d'attirer des puissances maléfiques. De ce fait, peut-être la mort reviendra-elle frapper la paisible localité ? C'est en tout cas la réflexion qui traverse l'esprit de miss Emily Dickinson. Sommes-nous à l'abri de ce qui tourbillonne offensivement dans le ciel de cette mauvaise saison ? Nos idées puis nos actions solidifiées en croyances ne sont-elles pas toujours l'expression des inquiétudes qui nous habitent ? Vivre puis mourir, est-ce la vertigineuse et matérielle traduction de l'amour et du désamour ? Mystère, mystère entier, mystère encore que notre passage sur terre. L'amour s'éteint-il comme un feu de prairie : parce qu'il n'a plus rien à brûler ?

Dans les profondeurs de la nuit, vers quatre heures du matin, on est réveillé par un énorme vacarme. Un craquement sinistre. Chahutés par le vent soufflant en bourrasques, les corps viennent lourdement rejoindre le sol glacé. Une grosse heure plus tard, portant des lanternes et peinant sous les rafales de neige pour éclairer la scène, des silhouettes aux allures spectrales portent les corps pour les déposer sur une charrette à foin dans la grange voisine, et toute neuve, de la veuve Stubbing. À l'aube, celle-ci sert du pain de viande, des cornichons géants de Floride à l'huile, une tranche épaisse d'élan cuit dans la graisse et de la soupe à Traum McMac, premier adjoint un brin débordé du shérif Roy Star.

La vieille dame peste contre *notre représentant de l'ordre parti à Concord pour entendre les politicards de l'état du Massachusetts mais sans doute plus exactement actuellement occupé à se damner avec les filles de mauvaise vie qui ne manquent pas de pulluler dans cette maudite grande ville babylonienne de Concord qu'on devrait désormais rebaptiser Gomorrhe* La veuve Stubbing, donc, dont le négoce est celui des petits fruits et des pommes, s'oppose formellement à ce que l'on stocke des défunts dans sa grange toute neuve. Au motif que cette mauvaise publicité risque de porter préjudice à son commerce. Pour preuve, Mr Edward French a déjà fait rire les autres pompiers en déclarant que les deux morts viennent de quitter cette vallée de larmes après avoir goûté aux pommes des établissements Stubbing (*Une pomme Stubbing...Et bing !*), l'amusante chansonnette fait le tour de la ville à la grande joie des enfants. Et de leurs parents.

L'heure est grave. Que faire des corps ? Une nouvelle tentative pour creuser une tombe vient d'échouer. On parle d'explosifs mais on renonce fort heureusement à cette folle entreprise. Quelqu'un suggère d'utiliser la cave du presbytère comme caveau provisoire mais le révérend s'y oppose, expliquant que ce n'est pas recommandé, les défunts pouvant décider de demeurer parmi les hommes pour écouter chaque dimanche les offices ou, moins engageant, pour se livrer à quelques

turpitudes. C'est ce qui s'est produit dans le souterrain d'un temple épiscopalien de la ville de Salem, de funeste mémoire. Une sombre histoire de fantôme. Evitons évitons.
- Inutile de risquer de se retrouver avec deux spectres sur les bras, conclut l'homme de Dieu. De préférence, contentons-nous de deux morts bien disciplinés, ordinaires pour ainsi dire.

On hésite. Sol décidément gelé. Que faire des deux encombrants défunts ?

Pas d'idée.

C'est alors que miss Emily Dickinson se penche à la fenêtre. Engoncés dans leurs chaudes pelisses, portant bonnets, gants et bottes de loutre, tout de rouge vêtus pour qu'on les retrouve plus facilement en cas de blizzard soudain, les enfants du quartier profitent d'une accalmie pour prendre l'air. Ils façonnent un gros bonhomme de neige. Plus tard, les yeux ronds d'étonnement, les membres du conseil de la paroisse écoutent religieusement le pasteur lorsqu'il explique l'idée émise par la demoiselle Dickinson. Après quelques protestations d'usage, on finit par se ranger à l'avis du révérend : ce n'est pas de l'irrespect que *d'emprisonner* le vieux Paddy et John Yes No Wilder au cœur d'un bon vieux bonhomme de neige. Ils seront là en sécurité jusqu'à leurs obsèques. Pragmatisme.

Aussitôt dit, aussitôt fait, l'opération de pelletage et façonnage prend une petite matinée. Le travail à peine terminé, comme s'il n'attendait que cela, le mauvais temps revient au galop. Neige, neige et neige. Pendant une semaine, la ville ne se préoccupe plus des deux disparus (c'est le cas de le dire). On entretient les poêles à bois et les cheminées, on répare des outils, on somnole continument au coin du feu, on lit à voix haute la Genèse et le Livre des Rois, se passant le gros livre saint de main en main et on fait des projets pour la belle saison. Louer une parcelle de plus pour s'essayer au maïs, voyager vers Washington pour passer le printemps chez une sœur cadette bien trop éloignée et que l'on aime tendrement même si son imbécile de mari n'est pas un cadeau, se décider à aller voir le docteur car cette douleur dans le bas-ventre s'est installée et on ne sait jamais. On prévoit, on échafaude. Demain.

Comme souvent, Emily médite sur les tourments de l'amour. Même si la plupart des gens qu'elle connaît restent pudiques sur le sujet, elle sait que la peine de cœur est le malheur le plus universellement partagé. La personne qu'elle a aimée de toute son âme a dit : *Emily, l'amour c'est le changement. Rien d'éternel dans notre histoire. L'amour vient et s'en va. L'amour est un migrateur volant haut dans le ciel, il part vers d'autres pays*. Elle a répondu : *Je vois que tous les oiseaux ne sont pas des migrateurs. Le moineau ne reste-t-il pas fidèle à ses taillis familiers durant les rudes tempêtes de décembre ?*

Il sait qu'un printemps de fête verte va revenir. Il habite son futur avec foi. Mais la personne a conclu en prenant le train pour des villes lointaines : *Adieu Emily, adieu, sois heureuse gentil petit moineau.*

Un dimanche matin, des tourbillons de flocons endiablant la scène, le vent jette à bas les lourds bonhommes de neige, les faisant rouler Dieu seul sait où. Décidément les deux morts de l'hiver sont bien turbulents. C'est sans doute là la dernière tempête de l'hiver, la plus farouche de la saison.

Ciel et terre en un même blanc indéchirable.

Abolissant les reliefs, gommant les chemins d'un geste rageur, sa seigneurie la neige fait douter les hommes, terrés à l'abri, qu'il puisse exister un ailleurs. Prisonnier de ce que le pasteur Wadsworth désigne comme un *déluge immobile*, chacun prie avec ferveur, confiant dans les secours du ciel. Miss Emily Dickinson théorise intérieurement que le salut pourrait plutôt advenir d'un avril puissant, batailleur et pressé d'asseoir sa suprématie, le genre de mois volontaire pouvant rayer la neige de la carte et imposer en réparation des préjudices de guerre que l'on peigne désormais et pour les dix mille années à venir, dans toute la Nouvelle Angleterre, les barrières devant les maisons d'un beau vert émeraude. Le règne du blanc s'achèverait. Les drapeaux triomphants du lilas, de la rose, du bouton d'or et même de l'ortie seraient brandis partout.

Dans les bois, les prairies, les jardins et jusque dans les pots de géraniums des vérandas, il ne serait plus alors question que d'étamines, de feuillaison et de germination. La fête du renard malin. Le gros mangeur de souris toutes chaudes s'emplirait la panse encore et encore, jouerait avec ses petits en leur montrant comment bondir pour attraper les oiseaux étourdis. Et lorsqu'il ouvrirait les yeux après la sieste, il s'inclinerait un bref instant devant la primevère, ambassadrice modeste et solaire des forces énigmatiques que les hommes appellent le printemps. Mais pour l'heure, c'est sans doute la dernière tempête de l'hiver. La plus furieuse de la saison. Les maisons tremblent. Les hommes aussi.

Nul ne peut dire où se tiennent désormais, dans leur bienheureuse indifférence aux affaires des hommes, John Yes-No Wilder et le vieux Paddy. Sans doute adossés quelque part contre une palissade ensevelie sous cent pelletées de neige. Servant du pain de viande et du thé brûlant à l'orange aux braves qui risqueront bientôt leur vie dans ce blizzard de fin du monde pour retrouver les deux défunts, au motif comme l'a rappelé avec force le révérend Wadsworth *qu'il n'y a rien de plus triste dans cette vallée de larmes que l'abandon de ceux qui ont besoin par ceux qui peuvent aider*, miss Emily est habitée, depuis deux ou trois minutes, par un quatrain apporté par le vent glacial. Quelques mots insistants, réels et refusant d'être oubliés. Poésie.

Mais elle se dit qu'il serait impoli d'abandonner ses hôtes occupés à spéculer sur l'endroit où peuvent se tenir les corps, tout en sa racontant les mille péripéties des dernières heures aventureuses. Aussi, sortant deux gros gâteaux de farine de maïs et des bocaux de poires au sirop du meuble de la cuisine, elle mobilise son énergie pour mémoriser jusqu'à l'instant où elle pourra les écrire, les quelques mots volatiles, déjà dévorés par tout ce blanc affamé.

Tandis que les hommes bruyants se calent les joues d'énormes parts de gâteau de farine de maïs et boivent du café bouillant arrosé d'eau-de-vie, se demandant quels bagages utiles son cœur brisé pourra bien emporter lorsque le temps sera venu de passer sur l'autre rive, Emily Dickinson entend alors ce poème chanter définitivement en elle :

> *Mourir – ne prend qu'un moment –*
> *Il parait que ça ne fait pas mal*
> *On s'efface – de plus en plus –*
> *Et puis – on est hors de vue*

(*L'Hiver 1877 de miss Emily Dickinson*, 2007. Nouvelle publiée in *Histoires américaines*, Hispaniola Littératures, 2008 ; et in *Boxer dans le vide*, Souffle court, 2017).

Avec le soutien de Rose Evans, Olivier Millet (*Hispaniola Littératures*) / Ludmilla de Monfreid et Zoé Agbodrafo (*Totemik CrowFox*) / **L'Hiver 1877 de miss Emily Dickinson** / Éditrice : Rose Evans / Photographies de couverture, (recto) : daguerreotype of the poet Emily Dickinson, 1848 (Original version) From the Todd-Bingham Picture Collection and Family Papers, Yale University Manuscripts & Archives Digital Images Database, Yale University, New Haven, Connecticut - oeuvre du domaine public. (verso) : Cambre Johnson/Unsplash / Mise en pages : L. de Monfreid / Dépôt légal mai 2021 / ISBN 9782322219469 / Imprimé en Allemagne / www bod.fr / www. aubert2molay.vpweb.fr / © Ph.A2M, 2021 © Hispaniola Littératures, 2021.

**du même auteur chez Hispaniola Littératures,
disponible en librairie et sur le site BoD**
Collection L'Inimaginée
(Littérature de l'imaginaire)
-PETIT TRAITE DE SORCELLERIE ET
D'ECOLOGIE RADICALE DE COMBAT
-DOULEUR FANTÔME
Collection L'imaginable
(Littérature blanche)
-SAPIN PRESIDENT
Collection 1 nouvelle
-TOUTE PETITE FILLE DES DRAGONS
-SUPERETTE
-LA HAUTEUR
-LA MORT DE GREG NEWMAN
- DIX ANS AVANT LA NUIT
-TECHNIQUES DE VOL HUMAIN
DANS LE CIEL NOCTURNE
-SELON LA LEGENDE

www. aubert2molay.vpweb.fr

Collection 1 nouvelle

© 2020 Lola RIL,

Édition : BoD – Books on Demand,
12/14 rond-point des Champs-Élysées, 75008 Paris
Impression : BoD - Books on Demand, Norderstedt, Allemagne
ISBN : 9782322237807
Dépôt légal : Aout 2020

Les Notes de Lola
ou la mélodie des pensées
Recueil de Poésies

Lola RIL

Qui es-tu Lola ?

Enfant j'étais une petite lectrice assidue.
Collégienne, lycéenne, le Français, la Philosophie, l'Histoire étaient mes cours de prédilection ! C'est à cette période que je me suis essayée à l'écriture, dès lors je n'ai cessé de créer, d'imaginer, de rêver.

L'orthographe, la syntaxe étaient la base de mon activité professionnelle. Assistante en Gestion Commerciale et Administrative. J'ai également flirté avec le monde littéraire en évoluant dans une Librairie indépendante durant quelques années, ainsi que dans plusieurs Associations et petites Bibliothèques .

Le lien idéal avec ma passion !

En reconversion professionnelle, j'ai donc décidé de sauter le pas, devenir Auteure est désormais un accomplissement personnel.

Lola

Écriture, Lecture font partie intégrante de Lola.
Carnet et crayon gris toujours à porter de mains
afin de toujours écrire, peu importe où mènent ses pas.
Elle ne remet rien au lendemain !
Les mots s'invitent au hasard
d'un chemin et ses parfums,
ou lorsque le cafard devient un importun !
Elle n'écoute que son cœur,
ainsi les mots s'imprègnent de couleur.
Tel le photographe d'un simple cliché
d'intenses sensations sait nous procurer,
Tel le musicien qui crée sa mélodie,
les notes de Lola font naître ses écrits

DREAMS...

Tel un songe d'Hiver,
nos rêves ne sont que douceur.
Après la neige éphémère,
se réveilleront les couleurs.

Tel un songe d'Été,
nos rêves ne sont que volupté.
Après le soleil brûlant,
l'on s'aimera au couchant !

Tel un songe d'Automne,
nos rêves sont colorés.
Ainsi les feuilles tourbillonnent,
chimères aux reflets dorés !

Tel un songe de Printemps,
nos rêves sont charmants.
Ainsi la nature s'éveille,
divine merveille !

@RIL

AUTUMN !

Le voilà, depuis quelques semaines, il s'est installé.
L'Automne a coloré les plaines, estompé l'Été.

Sa palette de couleurs ravit les amateurs,
de belles images chamarrées, de saveurs acidulés.

L'Automne honore nos morts.
Il fait naître des remords.
Il invite de viles créatures.
Ainsi, donnés en pâture,
nous sommes prisonniers
de nos âmes torturées.

L'Automne s'est installé.
Afin de nous offrir,
et ce pour nôtre plus grand plaisir !
De sublimes paysages bigarrés,
que l'artiste souhaitera croquer,
que le photographe voudra capturer.
Certains aimeront les apprivoiser,
et que, je laisse m'inspirer.

Artiste en herbe,
ou Maître d'Art ?
Colorer est le verbe,
qui fait de son œuvre du grand Art !

benoit0034_ Instagram

MOKINGBIRD !

Le bruissement de l'eau
qui ruisselle, berce mon cœur.
Il fait si beau,
j'entends un merle moqueur.

Il se fout bien que l'on soit en Novembre,
j'aimerai tant pouvoir fendre,
l'onde à l'aide d'une baguette,
de loin le merle me guette,
qu'elle soit magique ou de sourcier
elle m'amènerai près de toi sans se soucier
que nous sommes séparés
par cette immensité.

Je t'aime passionnément,
tu me manques terriblement.

benoit0034_ Instagram

I MISS YOU...

En ce mois de Novembre frissonnant,
je promène mes pas nonchalants.

Le soleil brille ardemment.
Je profite de ce moment.
J'aimerai à cet instant,
que toi mon bel amant,
pour qui je brûle intensément
du zénith au firmament,
sois près de moi, me blottissant
dans tes bras, t'embrassant.

Tu me manques terriblement,
en ce mois de Novembre impudent !

benoit0034_ Instagram

IN MY HEAD...

Le vent souffle son dédain,
la pluie déverse son chagrin,
le tonnerre déclame sa fureur,
l'éclair inflige sa douleur.
Au dehors tout n'est que fracas,
les éléments sont dans tous leurs états,
la nature nous impose ses caprices,
la terre s'en amuse avec malice !
C'est un peu comme dans ma tête,
plus rien n'a un air de fête.
Mon cœur saigne,
mon esprit en peine,
mes yeux plein de larmes,
tout ce vague à l'âme !
Telle la tempête,
plus rien ne se reflète.
En Novembre finissant,
l'automne bientôt terminera.
Décembre arrivant,
la neige recouvrira
tout, de son manteau blanc ;
les villes, les campagnes, les toits,
les rues, les squares, les bancs,
ainsi que le manque de toi !

benoit0034_ Instagram

SATURDAY !

En ce Samedi qui fait grise mine,
je suis encline à jongler avec les rîmes.
Mon carnet, mon porte-mines,
mon esprit joue et mime.

Au milieu de ce rêve,
où mon âme ensorcelée,
est prisonnière de cet attrape-rêves.
Tel le démon pourchassé,
pareil à Lucifer
au tréfonds de l'enfer.

Pourquoi, ne puis-je me défaire,
de cette folie passagère,
qui annihile ma volonté,
de ne pouvoir y échapper ?
Tel l'amour obsessionnel
jusqu'au péché originel.

En ce Samedi qui faisait grise mine,
j'ai jonglé avec les rîmes,
mon carnet, mon porte-mines,
mon esprit s'est perdu dans les abîmes.

benoit0034_ Instagram

benoit0034_ Instagram

FALLING...

Tombe la neige !
Tel l'illusionniste
et sa magie,
Le pianiste
et ses arpèges,
qui enchantent nos vies.

Tombe la pluie !
Tel le ciel
et son arc-en-ciel,
Le soleil
sommeille,
atmosphère d'aujourd'hui.

BLACK AND WHITE !

L'image en Noir et Blanc
qui paraît d'un autre temps.
Évoque parfois une grand passion
que l'on déploie avec beaucoup d'attention.

Notre œil est fasciné.
Tel l'objectif qui l'a capturé.

Notre esprit peut rêver.
Telle nôtre âme qui l'a emprisonné.

La photographie reflète la réalité.
Le photographe projette sa créativité.

L'image en Noir et Blanc
que l'on sublime délicatement.
Évoque en nous l'émotion,
qui amène à de douces sensations.

DESESPERATION !

Telle une rose sur fond noir,
mon cœur est enclin au désespoir.

Au creux d'une telle beauté,
la noirceur s'est immiscée.
Sans y être invitée,
elle s'est imposée !
Bientôt, elle flétrira.
Au fond d'elle restera :
cette turpitude
qui créée mon inquiétude.
Cette ignominie
qui devient ma mélancolie.

Seule cette rose sur fond noir,
sera quel est mon désespoir !

benoit0034_ Instagram

PASSING TIME...

Le temps qui passe
n'est pas un flash !
C'est une impasse
ce reflet dans la glace.

Le temps à ce pouvoir
au cœur du miroir,
de percevoir
l'illusoire !

Le temps paraît.
D'un coup disparaît,
le bel attrait
de nos années.

Le temps oblige,
il inflige,
il afflige,
il se fige !

benoit0034_ Instagram

benoit0034_ Instagram

THE REFLECTION OF LOVE !

Quelle douce mélodie !
Au-delà de l'infini,
les notes me transportent,
où mon cœur porte
cet amour
au fil des jours.
Est-ce le reflet
de ma réalité ?

Quelle insupportable chaleur !
Au tréfonds de ta torpeur
les flammes te consument,
où ton cœur n'assume
cet amour
au fil des jours.
Est-ce le reflet
de ta réalité ?

MY APOLOGIES...

T'aurais-je blessé ?
Je ne souhaitais que de la légèreté.

La gorge serrée,
je viens de te quitter.
N'écouter que mon cœur
est révélateur.
Ce n'est pas de la romance
seulement de la souffrance !
Pourras-tu me pardonner
ces paroles insensées ?
Je le ressens déjà
ce manque de toi !

J'ose espérer,
mon ami je garderai !

benoit0034_ Instagram

HOW ARE YOU ?

Ton cœur, ses blessures !
Meurtri, malade.
Ton esprit, ses fêlures :
Anéanti, maussade.

Ton âme, ses meurtrissures !
Bannie, froide.
Ton corps, ses fractures !
Proscrit, dégringolade.

Tes larmes, ses éraillures !
La nuit, noyade.
Ta joie, ses caricatures !
Sans fantaisie, boutade.

Ta musique, ses écorchures !
Sans poésie, ballade.
Ton bouquin, ses aventures !
La vie, passade.

benoit0034_ Instagram

ALONE...

Seule face au silence
qui rime avec méfiance.

Seule face au destin
qui rime avec dédain.

Seule face à la stupeur
qui rime avec froideur.

Seule face à la dérision
qui rime avec soupçons.

Seule face à la vie
qui rime avec nostalgie.

Seule, pourquoi ?
Qui rime avec n'importe quoi !

N'importe quoi
qui rime avec toi.

Toi
qui rime sans moi !

benoit0034_ Instagram

benoit0034_ Instagram

HAPPINESS ?

Ai-je fait une erreur
pour passer à côté du bonheur ?

Je pense à toi, à nous.
J'y ai cru, je l'avoue.

Tes éclats de rires
me faisaient sourire.

Ton silence fait écho
bien plus que tes mots.

Tendrement.
Tu me manques terriblement.

BLANK PAGE !

Que m'arrive-t-il ?
Je ne peux rien écrire,
même à l'encre indélébile,
incapable de produire.

Que se passe-t-il ?
Je ne peux l'expliquer.
Je reste là, immobile,
incapable de bouger.

Que me veulent-ils ?
Je ne peux le comprendre.
Quels sont leurs mobiles ?
 Incapable de me défendre.

Mon cahier m'a prise en otage,
mon stylo est son complice.
Ils me font du chantage.
Je ne peux charger la police,
ils ont programmé son piratage.
Le moment propice,
je reprendrai l'avantage !

Voici de nouvelles phrases
que j'écris avec ferveur.
Je suis désormais en phase,
puisque j'en suis l'Auteure

@RIL

MY LOVER, MY NOVEL...

Je ne cesse d'écrire !
Les mots couchés sur le papier
écrits au crayon de cahier,
m'aident à décrire
la douce romance
à laquelle je pense,
lorsque mes rêveries
me font penser à lui.
Un récit romanesque,
où telle une fresque
les couleurs de leurs sentiments
se teintent au fil du temps.
Une histoire où l'on plonge,
tel en un délicieux songe,
mêlant caresses divines,
de mon bel amant.
Telles, les pages qui se font coquines,
au fil de mon roman.

MY LOVES...

Vous ne pouvez imaginer
combien souvent mon cœur saigne.
La vie nous a séparé
en causant tant de peine.
Nous avons tellement partagé,
nos fous rires, nos délires.
Nous avions une telle complicité
un regard, un éclat de rires !

Nos galères, notre détresse,
nous avons su avec tendresse,
notre profonde détermination
toujours à l'unisson,
chasser nos tracas
quels qu'ils soient.
Vous êtes mes Amours !
Vous êtes mes Merveilles !
Pas un jour sans que vous mes soleils,
je pense à vous !
Je pense à nous !

Nos échanges de textos,
ou nos appels vidéo
ne peuvent remplacer
les tendres baisers
les gros câlins !
Ce qui me rend chagrin.
Mes Amours, mes Merveilles
n'oubliez jamais,
que malgré tout je veille.
Je ne cesserai de vous protéger !

Je vous aime, mes Amours !
Cela pour toujours.
Vous me manquez terriblement
Je vous embrasse fort, fort, fort, Maman.

PLEASURE TO OFFER !

Qu'elles émerveillent ou honorent.
Qu'elles soient festives ou décorent.
Qu'on les prenne en photo.
Qu'elles guérissent nos maux,

Elles embaument notre cœur,
de leurs subtiles odeurs.
Telles sont les fleurs
qui apaisent nos pleurs.

Qu'elles soient naturelles, artificielles.
Elles nous offrent une palette de couleurs.
Tel un arc-en-ciel,
après que le ciel pleure.

Sources de fortes sensations ;
Odorantes, olfactives ou visuelles,
Parfois même sensuelles.
Elles sont complices de notre passion.

Offrir ou recevoir des Fleurs
est source de plaisir.
Elles éveillent nos sens.
Sublime est leur parfum moqueur.
L'expression « Plaisir d'offrir »
Trouve ici tout son sens !

benoit0034_ Instagram

@RIL

LANGUAGE OF FLOWERS...

Le message que délivrent les fleurs
est souvent mal connu.
Qu'elles viennent d'un inconnu,
ou de votre âme sœur.

Imaginez, le Bleuet côtoyer
la Belle de nuit !
Ou l'Orchidée fleurter
avec un Arum d'Éthiopie.

Elles dévoilent un peu de nous.
Leurs odeurs subtiles
forment un tout,
leurs parfums nous subliment.

Pareilles à de légères étoffes ,
leurs pétales sont doux comme de la soie.
Qu'importe celui qui me les offre,
elles sont faites pour moi !

SPRING 2020...

Étrange Printemps !
Tu débarques prudemment.

Les fleurs, les oiseaux
sont ton flambeau !
Les parfums, les couleurs
sont ton bonheur !

Heureusement, tu es là !
Ta bonne humeur,
apportera de la joie,
ravivera nos cœurs.

Subtil Printemps !
Si bienveillant.
Ce silence,
tu t'en balances !

Soyons rassurés
le Printemps est arrivé !
Dame nature,
veille sur nôtre futur !

@RIL

MY LIFE...

Ma vie est faite
de tous petits riens.
Parfois une fête,
parfois chagrin.

Ma vie est un arc-en-ciel
aux couleurs pastels.
Parfois nostalgie,
ou petit grain de folie.

Ma vie est une symphonie.
Les quatre saisons de Vivaldi
ou la *'mort du cygne'* de Tchaïkovski.
Jolie petite mélodie,
emplie de notes fantastiques.
Ma vie est musique !

Ma vie est une pirouette,
cacahuète !
Pleine de rires,
de sourires.
Faite de gourmandise,
de friandises.
Pleine de fantaisie,
telle est ma vie !

benoit0034_ Instagram

Au début, il n'était question d'illustrer que quelques écrits !

Au final, un sublime rendu, une magnifique alliance des mots et des images. Un peu d'imaginaire, beaucoup de créativité, il n'en fallait pas plus pour que naisse cet ouvrage !

Je te remercie B. pour cette surprenante et sympathique collaboration, je te dédie ce recueil.

Lola